ISBN : 978-2-09-251147-3
N° éditeur : 10175280 - Dépôt légal : janvier 2011
Imprimé en France par Pollina - L55829C

Conte de Grimm
Illustré par Claudine Routiaux

Le Loup
et les Sept
Chevreaux

Il était une fois une chèvre qui avait
sept petits chevreaux, qu'elle aimait très fort.
Un jour, comme elle voulait aller chercher
de quoi manger dans la forêt, elle les appela tous
les sept et leur dit :
– Mes enfants, je m'en vais dans la forêt.
Faites bien attention au loup. Si vous le laissez
entrer, il vous mangera ! C'est un malin,
qui sait se déguiser, mais vous le reconnaîtrez
à sa grosse voix et à ses pattes noires.

Les chevreaux répondirent :
— Maman chérie, nous serons très prudents,
c'est promis. Tu peux partir sans t'inquiéter.
Alors la chèvre, rassurée, se mit en route.

Peu de temps après, quelqu'un frappa à la porte
et dit :
— Ouvrez, mes chers enfants, c'est votre maman
qui rapporte quelque chose à chacun de vous.
Mais les petits chevreaux reconnurent le loup,
à cause de sa grosse voix.
— Nous ne t'ouvrirons pas, dirent-ils. Tu n'es pas
notre maman, qui a une voix toute douce.
Tu as une grosse voix, tu es le loup !

Alors le loup alla acheter un gros bâton de craie
chez l'épicier, et le mangea tout entier pour adoucir
sa voix. Puis il revint, frappa à la porte et dit :
– Ouvrez, mes chers enfants, c'est votre maman
qui rapporte quelque chose à chacun de vous.
Mais le loup avait posé sa patte noire contre
la fenêtre.
Les petits chevreaux la virent et s'écrièrent :
– Nous ne t'ouvrirons pas ! Notre maman n'a pas
une patte noire. Tu es le loup !

Alors le loup courut chez le boulanger et lui dit :
– Je me suis cogné la patte, enveloppe-la-moi
de pâte.

Quand le boulanger lui eut enduit la patte, il alla
chez le meunier et lui dit :
– Saupoudre-moi la patte de farine blanche.
Le meunier se dit : « Oh ! Oh ! Le loup veut jouer
un mauvais tour à quelqu'un », et il refusa.
Mais le loup lui dit :
– Si tu ne le fais pas, je te dévore sur-le-champ.
Et le meunier, effrayé, fit ce que le loup
lui demandait.

Le loup retourna pour la troisième fois
à la porte de la maison, frappa et dit :
– Ouvrez, les enfants, votre petite maman chérie
est revenue et rapporte quelque chose
à chacun de vous.
Les chevreaux répondirent :
– Montre-nous ta patte, et nous saurons si tu es
notre maman chérie.
Le loup posa sa patte blanche contre la fenêtre.
Quand ils la virent, les chevreaux crurent
ce que le loup avait dit, et ils ouvrirent la porte.

Mais qui entra ? Le loup ! Les petits, terrifiés,
voulurent se cacher.

L'un bondit sous la table, le deuxième dans le lit,
le troisième dans le poêle, le quatrième
dans la cuisine, le cinquième dans l'armoire,
le sixième sous la bassine, et le septième
dans le boîtier de l'horloge.

Mais le loup les découvrit tous,
et les enfourna l'un après l'autre
dans sa gueule.

Tous, sauf le plus petit,
qui s'était caché dans l'horloge.

Quand le loup fut bien rassasié,
il repartit et alla s'étendre
sous un arbre, où il s'endormit.

Quelque temps plus tard,
maman chèvre revint de la
forêt. Hélas ! Quel spectacle
elle trouva !

La porte de la maison était grande ouverte,
la table, les chaises, les bancs renversés, la bassine
en morceaux, les couvertures et les oreillers
arrachés du lit !
Elle chercha ses enfants, et ne les trouva nulle part.
Elle se mit à les appeler par leur nom,
personne ne répondait. Enfin, quand elle appela
le plus jeune, une petite voix s'écria :
– Maman chérie, je suis ici, caché dans l'horloge.
Elle l'aida à sortir, et il lui raconta comment le loup
était venu et avait dévoré tous ses frères.

Vous pouvez imaginer comme la chèvre pleura !
Finalement, accablée de chagrin, elle sortit
de chez elle, avec son petit chevreau qui trottinait
à côté d'elle. Quand elle arriva dans le pré, le loup
était couché sous l'arbre et ronflait si fort
que les branches en tremblaient. Elle s'approcha
et vit que quelque chose bougeait dans son ventre
rebondi.
– Se pourrait-il que mes pauvres petits, qu'il a
avalés pour son souper, soient encore en vie ?
se dit-elle.

Le chevreau courut à la maison chercher
des ciseaux, une aiguille et du fil.

La chèvre coupa la panse du monstre ; au premier
coup de ciseaux, un chevreau montra la tête,
puis les six petits bondirent dehors l'un après
l'autre. Ils étaient bien vivants et n'avaient
même pas une égratignure, car le monstre les
avait avalés tout rond.
Et ils se mirent tous à sauter de joie.
Puis la chèvre dit :
– Maintenant, allez chercher de grosses pierres,
et nous en remplirons la bedaine de ce méchant
animal pendant qu'il dort.

Les sept chevreaux traînèrent les pierres les plus
grosses qu'ils purent trouver et en remplirent
le ventre du loup. Maman chèvre le recousit
si vite que le loup ne s'aperçut de rien,
et ne remua pas une seule fois.
Quand il se réveilla, comme les pierres
qu'il avait dans le ventre lui donnaient très soif,
il voulut aller au puits pour y boire.
Mais, quand il se mit en marche, les pierres
se mirent à cogner les unes contre les autres.
Il s'écria :
– Qu'est-ce donc qui cahote et s'entrechoque
dans mon ventre ? Je croyais que c'était
des chevreaux, mais on dirait bien que ce sont
de grosses pierres !

Arrivé au puits, il se pencha au-dessus de l'eau et voulut boire. Mais les lourdes pierres l'entraînèrent au fond, où il se noya.

Quand ils virent cela, les sept chevreaux accoururent et crièrent très fort :

– Le loup est mort ! Le loup est mort !

Et ils dansèrent en chantant avec leur mère tout autour du puits.

Regarde bien ces objets.
Ils apparaissent tous quelque part dans le livre.
Amuse-toi à les retrouver !

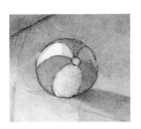

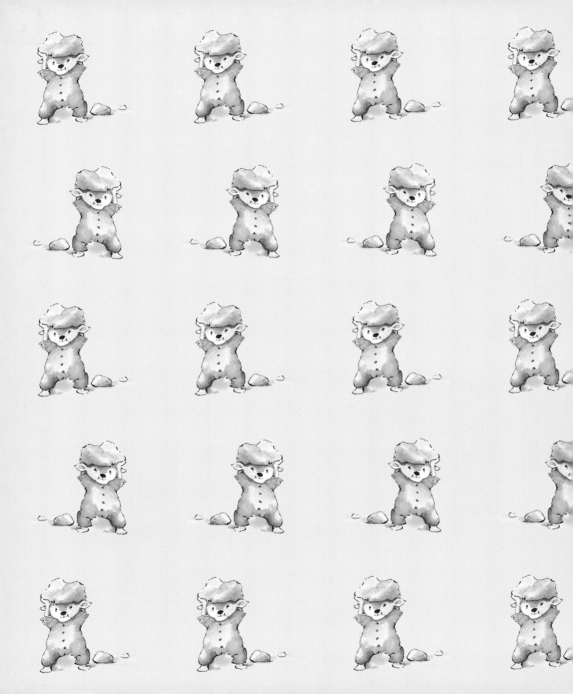